創批詩選 52

宋 秀 權 詩 集

아　　도

창비

차   례

제 1 부

제 2 부

제 5 부

제 1 부

마포 갯나루

舟賂說

굽이쳐라 굽이쳐
아름다운 산하에 서는 물굽이
한 모랭이 두 모랭이 삼세 모랭이
휘어져 돌아오는 물굽이
그 물굽이마다 집을 엮고
나루터를 만들고 불빛을 모으고
낙락장송 두리기둥 정자를 엮고
징검돌을 놓아 싱싱한 물보라 쓰고
들꽃처럼 피어나는 이 땅의 혼들아
모래알처럼 반짝이는 이 땅의 혼들아
초승달 그늘 밑을 휘어질 적에는
이화중선이 울음 보따리
월명봉 보름달 밑을 휘어질 적에는
임방울의 수궁가 세찬 여울밭
미련한 자라 한 마리 토깽이 등에 업고
마포 갯나루 건너오느라 허우적 허우적
나는 지금 보기에도 숨이 차나니

8

굽이쳐라 굽이쳐

아름다운 산하에 서는 물굽이

한 모랭이 두 모랭이 삼세 모랭이

휘어져 돌아오는 물굽이

네 삶이 부끄럽거든

서른세번째의 징검돌

그 위에 서서 숨을 돌리고

잠시 머리 위 은하수를 쳐다보아라

그래도 이 물굽이 건널 수 없거든

늙은 사공아 갈대잎 조그만 배를 엮고

배 띄워라 배 띄워라

지국총 어사와

뇌물이 있고 없는 데 따라

빠르고 느린 노질도 배워야 하느니라

그래 그래 아무럼 그렇지 그렇고 말고

지금은 물길도 막힌 강산이다

배 띄워라 배 띄워라

지국총 어사와

윗물이 맑아야 아랫물도 흐르지

적막한 바닷가

더러는 비워놓고 살 일이다
하루에 한번씩
저 뻘밭이 갯물을 비우듯이
더러는 그리워하며 살 일이다
하루에 한번씩
저 뻘밭이 밀물을 쳐보내듯이
갈밭머리 해 어스름녘
마른 물꼬를 치려는지 돌아갈 줄 모르는
한 마리 해오라기처럼
먼 산 바래서서
아, 우리들의 적막한 마음도
그리움으로 빛날 때까지는
또는 바삐바삐 서녘 하늘을 깨워가는
갈바람 소리에
우리 으스러지도록 온몸을 태우며
마지막 이 바닷가에서
캄캄하게 저물 일이다

광양만에서

물오리들의 울음소리

기억하라 이 땅에는
네 자손의 죽음의 때가 온다
태양을 머금은 롬바르디 대평원의
저 바다에 뜨는 아침 노을은 다시 오지 않을 것이며
저 밭고랑에 씨앗을 묻고 천둥과 벼락
소낙비의 싱싱한 밤을 이야기하던
그 기다림은 다시 오지 않을 것이다

다만 독한 한 방울의 위스키에
백인에게 말을 내어주고 여편네를 내어주고
마구간에 목을 매어 죽어가던 인디언처럼
네 곳간에는 악의 씨앗들로 가득 넘치리라

황혼에 낙조가 지고
황금 부챗살로 갈라지는 바다
갈매기들도 지금은 인디언을 홀리던
유리알 구슬 같은 보상금을 따라 어디로 흘러갔나

기름배가 뜨고 보이잖는 거대한 손이
크레인을 움직이고 쇳소리가 해일처럼 밀리는 곳

추운 겨울이면
물오리들도 새끼들에게 나는 법을 가르치던 땅

그 물오리 새끼 한 마리가
오늘은 선술집 유리창에 부딪쳐
거대한 굴뚝에 꽂혀 흐르는 연기 속에
누룽지 타는 내음을 혼신으로 꿈꾸며
아저씨, 아저씨 경비조 열두 놈 중
이곳 원주민은 저 혼자였거든요
저의 피가 유다의 피라고 몰아 내치는 거예요······

으으으 밤새도록 비가 올 것을 예감하며
해변의 낮은 언덕에 숨어 울던
그 옛날 물오리들의 울음소리여

13

우 리 말

감자와 고구마와 같은 낱말을
입안에서 요리조리 읽어보면
아, 구수한 흙냄새
초가집 감나무 고추잠자리……
어쩌면 저마다의 모습에 꼭두 알맞는 이름들일까요.
나무, 나무 천천히 읽어보면 묵직하고 커다란 느낌
친구란 낱말은 어떨까요.
깜깜한 암굴 속에서 조금씩 밝아오는 얼굴
풀잎, 풀잎 하고 부르니까
내 몸에선 온통 풀냄새가 납니다.
또 잠, 잠 하고 부르니까 정말 잠이 옵니다.

망아지 토끼 참새 까치 하고 부르니까
깡총거리며 잘도 뛰는 우리말
강아지 하고 부르니까
목을 흔들며 딸랑딸랑 방울소리가 나는 우리말
미류나무에서 까치 울음소리가 들립니다.

까작, 까작, 까작, 문을 열고 내다봅니다.

닳고 닳은 문 돌쩌귀 우리네 문 돌쩌귀

수톨쩌귀 암톨쩌귀 맞물고 돌아 매번 뒤틀리기만 하는 사랑

기다림 끝에 환히 밝아오는 정말, 사랑이란 이 낱말은 어떨까요.

읽으면 읽을수록 내가 그 문고리에 목을 매고 싶어지는 치사한 정, 더러운 정,

금방 눈물이 쏟아집니다요.

그러면 눈물, 이 말은 어떨까요.

1%의 염분과 99%의 물…… 물, 물, 물,

금방 범람하는 홍수

마침내는 허우적거리다 내 목은 물에 잠깁니다.

얼쑤 얼쑤 도깨비탈을 쓴 까만 뒤통수만 남는 춤

양반춤, 곰배춤, 병신춤, 곱사등이춤,

매품팔이로 흥부전에서 반짝 빛을 냈다 꺼지는 우리말

밥, 밥, 밥, 바압, 바압, 바압, 바아압, 바아압, 바아
압, 바아……ㅂ

밥, 밥, 밥, 바압, 바압, 바압, 바아압, 바아압, 바아
압, 바아……ㅂ

G.I. 시절
어디서 누룽지 타는 냄새
솥뚜껑 소리……

난리다, 하고 소리치니까
강화도 남한산성 의주가 고삐 풀린 말들처럼 뛰고
송장이다, 하고 소리치니까 뒤집혀 떠오르는 발목들
토끼, 오리, 망아지, 토끼, 오리, 망아지, 아니다, 아
니다, 아니다.
백성? 공중? 대중? 시민? 민중? 아니다, 아니다.
그 요란한 함성에 묻히면서 나는 무엇인 줄도 모르면서
봉화불을 들고 뒤죽박죽이 되어

제기럴꺼 얼럴러 곶감이다 곶감 하니까
문 밖에서 호랑이도 놀라 내빼는 우리말
시냇물, 그 연약한 속삭임, 산골물, 그 끊이지 않는……

가을바람 찬 바람

여름날 아침은 달디단 이슬 한 모금에
우엉잎 속에 숨어 춤추는 달팽이
먼 고향의 전설을 생각하며
두 뿔이 녹아 흐르도록
처릉처릉 물방아 소리 잘도 들리더니
가을바람 찬 바람 불어서
두 뿔은 맥없이도 꺾이누나

온몸 움찔움찔 놀라
두 눈도 감기누나

가을바람 찬 바람
야윈 뿔에 감겨서
우엉잎 밭에 서리 낄 때……
피여 피여 굳은 피여
내 혼령의 자지러진 피
이 가을엔 낙엽져서

너는 어느 도시의 변두리

목을 꺾고

뉘네 집 전세방을 얻어가누

위인의 집

나는 오늘 빠리 '위인의 집' 무덤들 앞을 지나가며
우리에게도 이런 무덤의 광장이 하나 있었으면
좋겠다고 생각했다.
관광안내원에게 나뽈레옹의 무덤이 거기 있느냐고 물었
더니
知性을 칼로 다스린 자는 거기 묻힐 수 없다고 한다.
나뽈레옹은 키가 작아 유럽 정벌을 감행하면서도
일곱 번 저격을 받아
차례로 여섯 마리의 말이 죽고도 살아 남았다고 한다.
드골 대통령도 자기의 죽을 때를 알아
거기 묻히도록 의회에서 정식 발의를 했지만
드골리즘은 난폭성이라고 딱지가 붙어
보기 좋게 거절당했다는 것이다.
전유럽을 경영했던 나뽈레옹도
레지스땅스의 아버지라 불리던 드골도
끝내 그 무덤을 비집고 들어갈 수만은 없었다는 것이다.
그의 말을 빌면 드골의 코가 높고 뾰족하기로는

에삘탑보다 더하지만
드골의 코보다 더 뾰족한 것은 빠리 시민들의
지성이라는 것이다.

나는 잠시 소르본느 대학의 우중충한 건물을 뒤로 돌아
이 무덤에 줄을 이어선 주검들을 생각하며
우리에게도 이런 무덤의 광장이 하나 있었으면
좋겠다고 생각했다.
그러나, 다음 순간 서울에 이런 광장이 하나 들어선다면
도대체 여기 묻힐 위인은 몇 명이나 되느냐고 생각했다.
그리고, 역겨움을 느꼈다.
나뽈레옹이나 드골이 거기 묻히지 못한 것처럼
우리를 잘못 길들이고 잘못 가르친 역겨운 인물들,
나는 오늘 이 무덤 앞을 지나가며 어려서
시골집 마당에 횟배를 앓으며
배고파 잦아진 목소리로 불러대던
우리 건국의 위인 제 1 호 리승만 대통령 할아버지를 생

각했다.

(그는 하와이로 쫓겨갔다가 거기서 죽고, 후에 다시 국립묘지로
이장되었다.)

그리고

그분을 처음으로 똑똑히 볼 수가 있었다.

그래서, 독재를 쓴 것보다 정치를 잘못한 것보다 이제,

나는 그의 시작이 더 잘못되었다고 믿는 사람이

되어버렸다.

저녁 연기

보아라, 황혼의 저물녘 저 대숲머리 잠기는 저녁 연기들
가뭇없는 세월 속에 살아오는…… 한숨에 절고
때에 절은 어질머리, 땀냄새 피냄새 굴풋한 이 시장기…

땅으로 땅으로 바닥을 긁으며 오매 밥…… 오매 밥……
참음으로 울음으로도
다하지 못할 양이면 병이 도질 듯

보아라, 저 대숲머리 잠기는 봄날의 저녁 연기들……

캄캄한 비애를 넘어서 너희 형제 깃들인 곳…… 그러지
않느냐
천년을 살아서 퍼드러져 나오는 시방 대숲머리 잠기는
저 저녁 연기들……

대숲 바람소리

대숲 바람 속에는 대숲 바람소리만 흐르는 게 아니라요
서느라운 모시옷 물맛 나는 한 사발의 냉수물에 어리는
우리들의 맑디맑은 사랑

봉당 밑에 깔리는 대숲 바람소리 속에는
대숲 바람소리만 고여 흐르는 게 아니라요
대패랭이 끝에 까부는 오백년 한숨, 삿갓머리에 후득이
는
밤 쏘낙 빗물소리……

머리에 흰 수건 쓰고 죽창을 깎던, 간 큰 아이들, 황토
현을 넘어가던
징소리 꽹과리 소리들……

남도의 마을마다 질펀히 깔리는 대숲 바람소리 속에는
흰 연기 자욱한 모닥불 끄으름내, 몽당빗자루도 개터럭
도 보리숭년도 땡볕도

얼개빗도 쇠그릇도 문둥이 장타령도

타는 내음……

아 창호지 문발 틈으로 스미는 남도의 대숲 바람소리

속에는

눈 그쳐 뜨는 새벽별의 푸른 숨소리, 청청한 청청한

대닢파리의 맑은 숨소리

로마와 솔방울

지금 로마는 로마보다 큰 물에 잠겨 있다.

증언한 대로 이 일은 하루 아침에 이루어진 일이 아니다.

거짓말, 나는 더 이상 이 말을 믿을 수가 없다.

내가 쌓아온 지식, 내가 읽은 여행기

로마에 가고 싶다.

가서 꿈꾸고 싶다. 그러나 꿈에 없는 로마, 꿈에 있는 로마

신비하지도 않고 거대하지도 않다.

저 눈송이처럼 내려오는 감탄사도 없다.

더 이상 말하지 마라.

우리들의 여행기는 수정되어야 한다.

지금 로마는 로마보다 큰 물에 잠겨 있다.

이 말은 진실이다.

거꾸로 걸어진 말 안장, 노예들의 쇠사슬,

피로 얼룩진 성벽, 약탈, 채찍, 한숨,

살인, 방화, 강도, 길들여진 도시, 노예들의 시장, 함
성, 북소리, 저 개선문의 높이 솟은 창, 칼, 무엇보다도
두려운 우상, 마지막 허물어져 가는 정신, 유럽의,
　이 길 위에 오늘 내가 뿌리고 가는 엽전은 무엇보다
　죄악이다.

　지하동굴의 무덤, 기독교도들의 박해와 탄압, 콜롯세움
의 벽돌조각, 사자들의 이빨자국, 도대체 언제 우리 쿨
리*와 같이 종달새를 길러본 기억이 없다.
　로마여 그러고도 네가 왜 안 망하겠느냐.
　사백 리 밖,
　베주브 화산이 폼페이를 때린 것은 우연일까
　아니다 그렇지 않다.
　네가 불쌍해서가 아니다.
　우리 앞에 영원한 형벌로 너를 세워두기 위해서다.

　로마여 불쌍한 로마여

사형대 위에 죄수처럼 떨고 서 있는 로마여
회개하라, 아무래도 때가 왔구나.
아무래도 나는 피를 잘못 속이고 사는 자손인가 보다.
황토흙이 아니면 뿌리를 내리지 못하는
나는 아무래도 서러운 자손인가 보다.

로마여 그러면 잘 있거라.
손 흔들며 헤어지자.
황토빛깔에 서러운 눈물을 찍기 위하여
나는 새로 시작하자.
그 황토빛깔에 말오줌내 즐펀히 엎으러져
슬픔의 둥지, 종달새를 날리고
질경꽃이 피어 흔들리는 길
대낮의 뙤약볕 아래 내 어깨의 굳은살,
두 줄의 선명한 수레 발자욱을 파기 위하여
이젠 이별하자.
아무래도 나는 피를 잘못 속이고 살아온

자손인가 보다.

황토흙이 아니면 숨을 못 쉬는 자손인가 보다.

로마여 그러면 잘 있거라.

나는 나폴리로 가면서

오렌지숲과 저 아름드리 삼나무밭 푸른 밀밭과

옥수수밭과 저 끝없는 대평원을 보았다.

아스팔트길을 따라 가도가도 질리는

초록의 공포

초록의 눈부신 공황, 이 새로운 사태,

나는 아무래도 황토흙의 천형을 잘못 두른 자손인가 보

다.

피를 잘못 속이고 사는 자손인가 보다

그 황토밭에 커오르는 소나무,

꺄울퉁한 한국의 소나무…… 맑은 바람을 내는

아무래도 나는 순종인가 보다.

황토밭에 떨어져 떼굴떼굴 구르는 솔방울, 솔방울,

솔씨밖에는 되지 못하는
그 서러운 솔방울인가 보다.

로마여 너는 어디 있는가

* 쿨리 : 막벌이꾼.

하얀 목련

이 봄은 무령왕릉처럼 사방천지 솟아나서 쩍쩍 짜개지는
하얀 목련꽃 보네 목련꽃 보네
그 왕릉 속, 천몇백년 만에 감춰둔 숯불 다리미 하나도
찾아내서
그 왕비 그 종년들도 찾아내서
봄날도 저물어 눅눅해진 빨래들……
새벽 이슬에 털려 마를 양이면 이슬냄새 새로 마름하여
하얀 빛깔들……
이 봄은 무령왕릉처럼 솟아나서 사방천지 쩍쩍 짜개지는
하얀 목련꽃 보네 목련꽃 보네
아 그 무덤 속 숯불 다리미 들고 천몇백년 만에 살아와
서
아욱 냄새 상치 냄새 쑥갓 냄새 뚝뚝 들기며
다리미질까지 보채쌌는
백제 여인의 등 굽은 모습 보네

南 道 風

鶴亭書藝展에 부쳐

藝鄕의 주인은 누구런가
무돌마루 쇄인봉은 하늘 닿고
영산강 푸름은 이리 끝없어라

무등벌 외로 앉은 亭子
老松도 느긋한 가지 위

외발 들고 선 丹鶴 한 마리
아침 노을 잔잔히
墨香도 선연하여라

水墨香 淋漓히 번지는 병풍 안
가야금 열두 줄에 실어
숨어 사는 이의 고운 정성

한 획마다 공글리고
마무리지어 폄을 치면

마른 하늘에 번개 내리듯

철늦은 국화가 새로 피는 아침은
南道의 겨울 하늘가에
그 기개 서릿발처럼 고여 흐르도다

아그라 마을에 가서

1

원숭이떼들의 울음소리
캄캄한 숲속에서 새어나오고
원주민촌에서 타오르는 저 밝은
모닥불 한 줄기
스콜이 퍼붓는 황혼 나절
나는 저려드는 온몸을 말리며
물소뿔에 독수리 紋章을 새겨넣은
아그라 마을의 초입에서
추위에 떠는 거러지 하나를 만났다

콜록콜록……

산울림도 콜록콜록……
메아리도 없더라 콜록콜록……
가도가도 긴 터널 콜록콜록……

세계는 외로운 송유관뿐이더라 콜록콜록……

얼마나 이 참회의 길을 걸어가야 콜록콜록……

저 끝없는 천국의 문에 이르는 것이랴 콜록콜록……

2

우리의 神은 콩꽃 속에 숨어 있고

듬뿍 떠놓은 오동나무 잎사귀

들밥 속에 있고

냉수 사발 맑은 물 속에 숨어 있고

형벌처럼 타오르는 황토밭길 잔등에 있다

바랭이풀 지심을 매는 어머니 호미 끝에

쩌렁쩌렁 울리는 땅

얼마나 감격스럽고 눈물 나는 것이냐

캄캄한 숲 너머

모닥불빛 젖어내리는 서북항로

아그라, 아그라
내 사는 조그만 마을
왔다메 !
문둥아 내 문둥아 니 참말로 왔구마
그 말 듣기 좋아
그 말 너무 서러워
아 가만히 불러보는 어머니

솥단지 안에 내 밥그릇 국그릇
아직 식지 않고
처마끝 어둠 속에 등불을 고이시는 손
그 손끝에 나의 神은 숨쉬고
허옇게 벗겨진 맨드라미
까치 대가리
장독대 위에 내리는 이슬
정화수 새로 짓고
나의 神은 늙고 태어나고
새새끼처럼 조잘댄다

풀꽃 祭祀

휘영청 밝은 달빛 아래 祭器들을 닦다 보면

나는 이름 모를 풀꽃들 가득 따 담고 싶어라

그 보리밭둑 위 서른 넘은 우리 순네 새로 죽어 무덤 짓고

어린 상주는 곡을 하고 절을 올리고

빨간 댕기머리 산새도 와서 울던 곳

그 가시내 참말로 죽어

祭器 속 풀꽃 골라 그녀 코끝에 문지르면

홰냥노루 암노루같이 벌떡 일어나

미친 듯 보리밭 고랑 숨어들어 내쏘치는 푸른 목소리……

어지러운 곳……

지금도 휘영청 밝은 달빛 아래 祭器들을 닦다 보면

그녀 눈을 떠서 홰냥노루 암노루같이

먼 하늘 달빛 타고 내려오는 푸른 목소리……

風水自然

광주에서 구례군 토지면 운조루까지

밥 탄다

밥 탄다

이년들아 이 산천

어디서 밥 타는 냄새 고시롭하다

시장기 아니라 이건 풍류로다

풍류 제일 강산이로다

걸쩍한 아침은 못 먹었어도

밤새 안녕은 못했어도

이년들아 내 짚신 감발머리에

어느 일요일 적적한 날은 쇠를 들고

광주에서 첫차를 타고 강물 따라 내려오는 날은

들어보아라 내 빈 몸 골짜기 구석구석

여울물 휘어지는 소리

구례구 신월리 조그만 촌역에

열차가 꽃잎처럼 흐르면

막혔던 강산에 뻐꾸기 울음소리 새로 피고

삼백 리 섬진강물은 이곳에서 몇 번이나

박치기 박치기로다

성님 성님 길 좀 비켜주드라고 잉

하늘이 기울까 싶으니께

어허 고놈 참 성가신 놈이네

사투리도 힘있게 병방산이 물길을 막아 섰다

西出東流의 강물은 이제는 헐 수 없이

성님 내 힘 좀 써볼 거라우 뻘건 전라도

보리밥 고추장맛 방귀 뀌고 딸국질 한번 해볼 거라우

얼씨구 지랄용천하는 이 좋은

물굽이 하나

보게나, 저 앞벌 놀란 말 울음소리

하늘에 닿고, 말 궁둥이가 쫓겨가며 팔자 상팔자로다,

이곳에 쇠를 놓으니

馬嘶三天北岸肥穴

이 멋을 아는 놈 무릎 치고 이곳에

절 한 채를 지었것다(연기조사 이놈이 죽일 놈이지)

아 춤추는 자연, 춤추는 이 산하

햇빛이 오면 먼지 하나까지도 빛나는 땅
주먹 같은 오산 둥을 휘돌아 길을 바꾸니
지리산녀 금가락지 떨어진 곳
吐指面 五美洞 골짜기 밤이 들고
월명봉 걸린 조각달이 촛불 같다
雲鳥樓 아흔아홉 간 집
썩은 난간에 기대어 쇠를 놓으니
내 빈 몸 구석구석 강물이 돌아 나가는 소리
水回拳上龍喜笑穴
아 춤추는 땅, 춤추는 우리들의 해학과 멋
너는 죽어서 방아의 확이나 되어라
나는 죽어서 방아공이가 되마

제 2 부

말 노 래

말아 말아 검정말아
너는 지난 반세기 경운기에 몰리고
1/4톤 트럭에도 몰려서
이제는 쓸모없이 마을 초입
말무덤 하나 남겼구나

하늘 높이 갈기를 흔들며
너의 시대는 건강했고
웃도리 벗은, 굽쇠를 치던 영감도
한겨울 불꽃을 날리더니
대장간이 헐린 자리
말무덤 하나 남겼구나

열하룻 장날 호기롭게
주막집 호롱불이 뜨면
황토 위에 네 찍고 가던 수레 발자욱
또는 더 먼 옛날 種馬 시절엔

겨울 두만강을 넘는
마을 이삿짐도 실어내고
정신대 머릿수건을 쓴 열여섯
우리 고모도
그 수레 발자욱 따라
아직 기별없더니

말아 말아 검정말아
오늘밤은 네 무덤 위
달맞이꽃만 떼로 몰려나와
내 어릴 적 빈 마차길을
손 흔들며 부르누나

――매지야 오너라
――매지야 오너라

우리들의 사랑노래

남풍 불어 미류나무밭 물 푸는 소리 나거든
직녀여, 그대 산 아래 오두막 짓고
그 미류나무 가지들 몸을 굽혀 북쪽 산마루에까지
허옇게 허옇게 속잎새 날려오는 날
나는 그곳에 초막을 짓세
하늘 두고 맹세한 우리들의 부질없는 사랑……
철 따라 부는 남풍과 북풍
남풍에 미류나무 속잎새들 몸을 굽혀 오거든
그대 오는 걸음새 내 마중 나가고
북풍에 미류나무 겉잎새들 팔팔거리며
남쪽으로 몸을 굽혀 가거든
직녀여, 그대 내 발걸음 마중 나오게
하늘 두고 맹세한 우리들의 부질없는 약속……

여름 산

나비가 지나간
질린 듯한 투명한 공간에
눈물 몇 방울이 비친다
누군들 여름 산에 와서 나비채를 휘두를 수가 있을까
풀밭을 건너 작은 시냇물을 건너
다시는 못 올 길처럼
나비를 따른다
채집 핀이 자꾸 목에 걸리고
나비는 길을 바꾸어
버럭바위 끝에 붙었다
화석처럼 거인처럼 굳어지고 커 보인다
눈을 감았다 떠본다
채집상자의 에테르 한 방울에도
선명하게 풀리는 여름 산
왜 나비를 보면
고생대의 시간이 먼저 떠 보이고
지리산의 밑뿌리가 떠 보이는 것일까

이상한 풀벌레

저 풀벌레
저 풀벌레
소리
슬프다

가락도 느슨히
全羅道風으로 쌍을 져
우는 놈도 있구나

한 사내가
달빛에 칼을 갈아
살자고
백번을 살자고
혈서를 쓰는 밤

쁘드득 쁘드득
나와 같이

어금니를 깨물며
자지러지는 놈도 있구나

이상한 풀벌레도 있구나

겨울 聖書

차고 흰 것이 유리창에 어른거린다
박나비처럼 붕붕거리며 아우성치며
어린 날개가 모스라져 물방울을 이룬다
살아있는 야광충처럼 나는 다가가
물방울을 지우고 죄의 손바닥에 다시
흐르는 물방울을 지워본다

스토브의 불꽃이 아내의 수그린 이마에
어룽져 있다. 그녀의 머리칼을 적시며
밤은 부드럽게 빛나고
성경의 갈피마다 눈이 내려서 소복이 쌓인다
그녀의 목덜미, 그녀의 음성에서도 날개 달린
천사들의 하얗게 묻어나는 기침소리

참는 자에게 복이 있나니
주어진 운명에 순종하라
삶은 이와같이 깨끗한 것

그러니 너의 원수를 사랑하라

그녀가 읽고 있는 성경의 갈피마다
눈은 더 쌓여서
아브라함은 이삭을 낳고 이삭은 야곱을 낳고
야곱은 유다와 그 형제를 낳고 헤스론은 람을 낳고
람은 아미나답을 낳고 아미나답은 나손을 낳고
나손은 살몬을 낳고 살몬은 보아스를 낳고
보아스는 오베스를 낳고 오베스는 이새를 낳고
이새는 다윗을 낳고 다윗은 솔로몬을 낳고
솔로몬은 르호보암을 낳고 르호보암은 아비아를 낳고
아비아는 이사를 낳고…… 낳고 낳고 낳고
42대째 한 동방의 가난한 말구유통에서
어린 속죄양이 탄생하리니……
그 강보에도 이제 눈은 하얗게 쌓여서

모든 것을 믿고 생각하며

내 생애의 빛나는 그림자 속에

이 말씀이 영원히 기록되고

이 한밤에도 별들의 운행은 그치지 말도록

그녀의 기도 속에 이 세상 죄지은 자들 머리에 죄를 이

고

12사도와 함께 첫새벽 지상에 일어나는

하얀 폭풍 속을 걸어가기를

오 동 꽃

보아라
오월 한낮은 남도의 담장머리에
뚝뚝 지는 오동꽃
포름한 이 서러운 빛깔들

어려서는
누님에게론 듯 어머니에게론 듯
마구 쓸어모아 수를 띄우고
열두 골 병풍 속
봉황도 깃을 치게 하고 싶더니

어른이 된 지금에서야
스스로 잘못 살아온 죄
내 가슴 속 우뢰로 몰려와
마른번개로 때리나니

도깨비굿

더 무너질 것도 없는 세상, 더 무너질 것도 없는 막판엔
우리 벌거숭이로 진도 도깨비굿이나 한판
칠까, 깽당 칠까 깽당깽당 칠까

종로에서 치고 명동에서 칠까
남산타워에서 치고 타워호텔에서 칠까
깽당 칠까 깽당깽당 칠까

긴 장대 끝 피속곳 매달고 얼굴에 굴뚝 꺼멍
종이가면 쓰고
솥뚜껑 양철냄비 함박 쪽박
이 땅에 지조 없는 남정네들
안방에 내리몰고
우리 치맛자락들만
칠까, 깽당 칠까 깽당깽당 칠까

마마곰보 얼룩귀신 내몰고

지조 없어 엇쇠 엇쇠
6·25 때 총 맞아 죽은 귀신, 배고파 죽은 귀신
물 건너 징용 간 귀신, 삼별초 소리소리 일어서던
그 넋두리들 고 횃불들 다 데불고 나와
굿이나 한판
칠까, 깽당 칠까 깽당깽당 칠까

저 물 밖 헛것들만 남은 세상
그믐 망종 달서껀
더 무너질 것도 없는 막판엔
진도 도깨비굿이나 한판 칠까
깽당 칠까 깽당깽당 칠까

멀   미

나는 몇 번이나 장거리 여행을 하면서
멀미에 치여 목적지에까지 닿지 못한 적이 많았네
그러나 이제는 이 멀미 잡는 법을 오랜 경험으로 터득
했네
청신환보다는 오징어 발을 질겅질겅 섭는 맛
얼마나 즐겁고 즐거운 쾌감인지
뱃속의 먹물을 뿌려서
멸치떼나 새우떼, 조개와 청어까지도 먹어치우는
바다의 약탈자
몸빛깔을 적색과 황색으로 마구 바꾸어
바다의 공작처럼 적을 노리며 춤을 추는 오징어
나는 이 악착한 놈의 다리를 짓이기며
멀미를 잡아야겠다는 확신과 함께
어느 날 황혼녘
구례에서 동방천을 건너 하동 쌍계사를 넘어갔네
저문 빛 호젓한 섬진강의 갈대밭 기슭에 발이 시려운지
외발 들고 선 백로 한 마리

그때 내 이빨 아래 짓이겨진 몇 개의 오징어 발이

으크크크 어금니를 갈며 갑자기 차창으로 먹물을 뿌려

댔네

바보로구나, 백로여 굶어죽어 마땅하구나

너나 나나 고기를 잡아먹는 주제에 淸節은 뭣하러 지키

나

까마귀에게 검은 옷을 빌 일이로다

그러나, 그날 밤 나는 쌍계사의 대웅전

큰부처님의 눈썹 위에 외발걸기 줄광대를 타며

막 깃을 접는 백로 한 마리와 마주쳤네

내 배를 채우려고 내 모양까지야 바꾸겠나

피라미떼나 우렁이가 제 발로 오면 먹고, 가면 굶주리

지,

나는 이대로 꼿꼿이 서서 천명을 기다리겠네

친구여

나는 그 뒤로 몇 번이나 장거리 여행을 하면서

오징어 발을 씹어도 이젠 멀미에 멀미만 더치네

추억에서

病床日記

옛날에도 한 옛날
어머니는 도둑놈의 각시

……아들은 어머니를 찾아 열두 고개와 산을 넘고
어느 길로 나서니 방울소리 들려 발부리 내려다보니
땅금이 서 있었다
땅금을 헤집고 들어가니 우물물이 있었고
우물물 속에 두레박을 밀고 내려가니
파아란 하늘이 보였다
파아란 하늘 아래 산이 다가서고
산 아래 굴딱지 같은 도둑놈의 기와집이 있었다
옥대문을 열고 방안을 들여다보니
어머니는 거울 앞에 앉아 분단장하고
마구간을 들여다보니 말은 방울을 흔들었다
어머니는 도둑놈의 각시
아들은 살진 말갈기 차며 어미를 싣고 뛰었다

파란 병 하나를 던지니 파란 바다가 섰다
도둑놈은 그래도 따라왔다
빨간 병 하나를 던지니 빨간 불바다가 섰다
그래도 도둑놈은 따라왔다

아, 어머니는 도둑놈의 각시
지겨운 여름날의 해는 길었다

통   박

흥부네 박은 세 통
주저리 주저리 금은보화가 쏟아졌다지만
올 가을 지리산 산동네에서
우리 장모님이 이고 오신 박 한 통은
맑은 물소리에 이끌려 눈이
자주 나와 마주친다

옛날의 익살꾼
정수동은 그랬다지
굴비 한 마리 천정에 매달아 놓고
허기진 밥숟갈을 놀렸다지
나 또한 식탁 위에 통박을 올려놓은 채
며칠째 잡인을 금하고
허기진 밥숟갈을 놀리며 산다

아직은 솜털이 보송보송한 박이지만
초가 지붕에 박꽃이 피고

더러는 일렬횡대로 반딧불이 날고
먼데 하늘에서 한밤내
별똥별이 주루룩 달려오다
박통에서 미끄러져 박살나기도 한다

아내는 일주야째 박나물이 먹고 싶어
입덧이 나고 된장을 풀고 싶다지만
나는 허적허적 손을 내저으며
가으내내 박 한 통을
다 썩이고 만다

자목련이 지는 날은

자목련이 지는 날은 하염없는 그대 생각
그대 입술에 묻어나는 빛 바랜 연지와
그대 손톱에 벗겨진 아주 빛 바랜 붉덩물들
아무렇게나 중년을 지내와서 술막에 눌어붙은
그 페과부들 울음 속의 그대 생각……
울음판도 진창이 되어 잠들 무렵은
딸국질로 딸국질로 고향을 찾아가는 남도 수심가
그 노래 끝의 먼 잠 속에 제여곰 오래비와 누이들도 만
나곤 와선
새로 풋보리 내음 들썩거리며 또 한판 구성진 술청 끝에
훠이훠이 잘도 넘는 남도 육자배기……
자목련이 지는 날은 하염없는 그대 생각
그 페과부들 속의 새로 솟는 어깨힘처럼
나 이리도 생살 타는 내음
나 이리도 다시 살고픈 마음……
자목련이 지는 날은 그 술막집의 페과부들 속
이 악물고 일어서는 그대 생각……

제 3 부

식민지의 눈

누가 아느냐 碧骨堤*

우리들의 따시한 등불이 흐르는 곳

겨우내내 남도엔 숫눈발 지고

그 따뜻함만으로 나는 오늘 너를 찾아왔다

2천년 전 나라 하나를 세우고 동진강 만경강

물줄기를 거슬러 둑막이로 쌓은 이 나라 최초의 방파제

늙은 어머님이 풀어 흘린 젖가슴처럼

우리들의 핏줄에 따뜻한 핏줄을 이어주는 언덕

水稻作의 발상지였던 이 땅의 거멀못자리

이랴 낄 이랴 낄낄

풀바지개에 삽 괭이 쟁기 연장 등속을 지고 나와

두레 일꾼들 물문 트고 모판 다독여 모 심을 때

메나리 가락 절로 흥겨웠으리

벼이삭에서 해가 뜨고 벼이삭으로 해가 지는

그날 그때 우리들의 온통 축제인 김만경

일찌기 삼한의 식량을 대어주고

백제땅, 벽골군, 벼의 골짜기

통일신라 땅 김제, 황금 물결이 출렁이는 골짜기
익산의 황등堤와 고부 눌堤와 더불어 三湖를 이루었고
호서 호남 우리 고향을 고향이게 말뚝을 박은 언덕
겨우내내 남도에 숫눈발 지고
그 따뜻함만으로 나는 일제 경제침략사, 토지를 몰수해
간
악명 높은 동척회사의 폭로기사를 읽다 말고
불현듯 네 손목 잡고 싶어
너의 앙상한 어깨뼈 잔등 위에 섰다
언제 한 소쿠리의 쌀밥을 얻어먹어 본 기억조차 없이
어진 목민관 한 사람 만나본 일 없이
우리는 뿌리 뽑힌 民草라 뿌리 뽑힌 채 벌벌 떨며
이 벌판 하나를 속절없이 떠메고 왔구나
씨나락 오쟁이까지 훑어간 이 언덕에 서면
절로 주먹이 쥐어지고
사람이 곧 하늘이라 살포를 짚고 선
한 사나이의 피맺힌 음성이 쩌렁쩌렁 빈 물꼬마다 울린

다

　헐벗고 굶주리며 이 벌판 하나를 떠메고 온

　우리 반도 서남쪽 사람들

　이젠 희미한 기억으로만 남은 우리들의 벽골제

　예서 삼십 리 동진강 하류를 따라가면

　서해 짠물을 막아 우뚝 솟은 식민지의 방파제가 있다는

구나

　1923년 10월, 일본 재벌 동진농업주식회사

　阿部商社가 세운

　3농구 이주민 마을들

　1답구 2답구 3답구…… 9답구

　그 9답구 57호 이봉춘씨의 새마을 개량주택 지붕 위에

　그때 내리던 흰 눈이 지금도 내리고 있다

✻ 벽골제 : 전북 김제읍에서 남쪽으로 6킬로쯤 멀어져 있는, 백제 초
　에 세운 둑으로 이 나라 최초의 저수지며 황등제·눌제와 더불어
　삼호라 일컬음.

水 代 孃

제주 山地港 부두에 서서 그녀는 밤 깊어도 돌아갈 줄
모른다.
산발한 머리칼 그녀의 검은 피의 霧笛이
오늘도 한숨으로 맷돌 같은 파도를 갈며
사라악 단애의 바로크식 등대에 불을 켠다.
나 또한 순결과 보시로 젖을 빨리며
이 바닥 착한 누이들 길을 들이고
가을 햇빛 저 숨죽인 북쪽 산마루 갈꽃을 피어 이리니
돌아오라 水代孃 오, 나의 어머니.

平沙里行

평사리의 섣달 어두운 하늘에 떠서
갈갈 울고 오는 기러기떼
쓸쓸한 바람 따라 이 들녘 끝
일렬횡대로 내리는 것 보니
그날, 봉준의 書床臺 위에 떨어진
육효점괘 한번 보는 듯하군

진 날 갠 날 마른 땅을 골라
언제고 태평한 세월 平沙落雁이야
따로 있었을까마는
이곳 村老들의 말에 따르면
육효점괘 하나는 늘 입성이 나
경천, 경천을 조심하라고
그래서 봉준은 공주성을 칠 때도
노상 비실거리며 敬天店을 겉돌기만 했던가

그러나 누가 알았으랴

십이월 막소금 같은 눈발에 쫓기어 오다
避老里의 한 주막집에 들러
그 敬天에게 참말 목을 졸릴 줄이야
避老里 또한 피로하게 작부나 얻어 끼고
한세상 목마른 술이나 얻어 마실 땅인 것을

오늘 평사리 이 넉넉한 들을 빠져나오며
역사는 이긴 자의 힘이고
패배자의 군소리라는 것을
저 들녘 끝 떠도는 쓸쓸한 바람이 일러주었네.

井 邑 詞

흰 블라우스 초록 치마를 받쳐 입고
물찬 제비처럼 오월의 라일락 숲속에서
노래하는 남도의 계집들아
늬네들 모습 너무 이쁘고 환장해서
눈물이 날 것 같구나

저 잔잔한 무등의 산허리로
수런수런 버짐처럼 창궐하는 초록 잎새들
저와 같이 풀물이 들고 싶은 초여름에
우리는 古典을 펼쳐놓고
지금 百濟流民史를 읽는다

돌하 노피곰 도드샤
어긔야 머리곰 비취오시라
어긔야 어강됴리
아으 다롱디리

춘추필법으로 쓴 遺事엔

'流民의 노래'라 하여 깡그리 지워지고 흔적도 없더니

입과 입으로만 전해오다 비로소 鮮初의

樂學軌範에 실렸더라는

이 노래 한 토막은 아직도 살아남아

우리들의 가슴을 웬일로 그러잡는다냐?

젼져재 녀러신고요

어긔야 즌딕룰 드딕욜셰라

어긔야 어강됴리

나는 죽어서도 당귀신이 될래

김춘추가 황해 바룻룰 건너

당나라 조복을 입고 와

소부리城을 멸한 다음

소정방의 탑이 서고

유민들은 뿔뿔이 흩어져

호적을 거부하고 무등산 숯굴에 숨고
더러는 궁중의 妓女가 되어
女樂으로 살아남았던 곡조
더러는 상놈으로 전락하여
개다리 소반상
부러진 젓가락 장단에도 실렸던 곡조

어느이다 노코시라
어긔야 내 가논 딕 졈그롤셰라
어긔야 어강됴리
아으 다롱디리

중종실록에선 淫詞라 하여
宮中歌樂에서도 누락이 되었던 곡조

한 많은 노래의 임자는 다 갔어도
노래는 살아남아

노래는 노래를 낳고
아 칼날 위에 새겨진 율법과도 같은
나의 역사여
지금 무등의 초록 잎새에
판소리 한 마당같이
새로 비쳐드는 저 한산 모시구름
좋을시구

내 저 구름 따라 이제 죽어 南道風으로
남도의 하늘과 들과 바람이 될래

돌하 노피곰 도ᄃᆞ샤
어긔야 머리곰 비취오시라
어긔야 어강됴리
아으 다롱디리

啞　陶

아도란 무엇이냐
질그릇이다.
인사동 골짜기의 고물상 같은 데 가서 만나보면
입은 기다랗게 찢겨져 있고 두 귀는 둥글게
구멍이 패여 있는
입이 있어도 벙어리고 귀가 있어도 귀머거리인
못생긴 우리네의 질그릇이다.
유언비어를 날조하거나
겁장이 지식인들의 입을 누르는
그것은 시어머니가 며느리에게 은밀히 건네는
유가풍의 禁書와 같은
질그릇이다.

사화가 극심했던 시절엔 서울의 아도商은
짭짤한 재미를 보았고
외세가 판을 치던 시대엔
주먹만한 아도를 사들고 관직에서 떨려난 선비들은

줄을 이어 낙향했다.

우리들의 입에 재갈 물리고 귀에 자물쇠 채우는

이 희한한 물건은

이태조가 서울의 땅기운을 끄기 위해

간신배 정도전을 시켜 고안해낸 물건이었다.

또한 수상기가 오른 입의 뻘세디뻘센 집 문간엔

아도 일백 개를 사서 쌓아두기도 했다.

신라 때 복두장이는

하루 아침 임금의 귀가 당나귀 귀로 변해 버린 것을 보

고

우리 임금의 귀는 당나귀 귀

우리 임금의 귀는 당나귀 귀

도림사 대숲가에 가서 외치다

아무도 듣는 이 없어 복장이 터져 죽었다지만

나는 오늘 이 도시의 어디선가

목을 조르며 도둑고양이처럼 오는 최루탄 개스에
재채기 콧물 눈물 범벅이 되면서
잎 핀 오월의 가로수 밑에 비틀거리면서 비틀거리면서
그 시대에서 한 발짝도 더 깨어나지 못한
또 하나의 아도가 되어가는 내 모습을 본다.
아도 아도 아도 아도 아아아아 아도
이 땅의 시인이여 만세.

망월동 가는 길 1

살아서는 우리 모두 더럽게 신림동으로 가는 길
죽어서는 우리 모두 깨끗이 어디로 가나 어디로 가나

망우리로 가는 길은 엽전도 때워 쓰는 모모 사랑
동작동으로 가는 길은 댕기 풀어 맹세한 첫사랑
모란공원으로 가는 길은 김치국물 찾는 여우 사랑
망월동으로 가는 길은 앞뒤 통빡도 재지 못한 풋사랑

아 너무나도 갈 길이 많은 우리

오월은푸르구나아우리들은자라안다

오월은 댕기 풀어 맹세한 사랑
이 땅은 빗돌 쪼는 정소리 가득하구나

망월동 가는 길 2

어디서 왔는지
우리들의 도시 한복판에
오늘도
최루탄 개스가 왔다.

시민들은 잠시 모여 웅성거리다
차단된 도시의 심장부를 우회전하고
콧물 재채기 속에서
썅, 까, 따, 말이 말을 잘라먹고
그 말들은 변두리의 풀섶에 떠도는
풀벌레 소리보다 힘이 없다.
연사흘 하늘의 빌딩에서 새떼 같은 삐라가 떨어지고
시민 여러분의 안녕을 묻는
마이크 소리가 지상의 철벽을 덮어 씌운다.
아, 불편한 우리들의 도시
우리들의 삶
가로수 잎새마다 회색 빗물이 흘러내리고

끝없는 벌판을 지나

망월동 가는 길

오늘 거기 닿는다 해도 누구 하나 서 있을 것 같지 않다.

앓을 병을 앓음으로써 끝내는 우황청심환 한 방울을 얻
어

우리들의 정신을 맑히고야 말

오 무등이여, 여름 무더위 속에서도 젖가슴 풀어

이 벌판에 신선한 아침이 온다.

목이 쉬도록 요한계시록을 되뇌이며

너는 종일을 서서 뻐꾸기 울음 하나를 키워가는 것을 본
다.

망월동 가는 길 3

젊은날 희망에 찬
우리는 동학년 동급생
그대 떠난 자리 오늘도
빈 책상 하나
너는 어디로 숨었나
길 잃은 철새처럼

교정에 단풍이 물져 내리면
사층 계단을 뛰어내려
삶은 왜 이렇게 아름다우냐고
단풍 잎새에 시를 쓰던 너
노래는 이데올로기가 아니고
시처럼 자유로운 사상이라고
구름을 쳐다보던 너
너는 어디로 숨었나
길 잃은 날새처럼

가을이 가고 눈이 내리고
봄이 오고 또 여름 가면
툭 어깨를 치며 내리는 질그릇 같은
전라도 사투리
그 위에 기러기 울음 끼면
너는 오려나
늦가을 무등산 수박처럼

망월동 가는 길 4

쏘내기 한 주름 약으로 삼아
선명하게 살아나는 우리 산들의 능선
암막새 수막새 엇물리고 맞물려
돌아 나가는 한국의 기왓골
힘있게 일어서는 저 용마루

산에는 산신령
들에는 들신령
꽃에는 꽃신령
나무나무나무 나무신령

산벼랑에 걸린 폭포
세찬 여울은 흐르고 흘러
큰 강을 이루고

산에는 산신령
들에는 들신령

꽃에는 꽃신령
나무나무나무 나무신령

이 쏘내기 맞거든
사람들아 사람들아
새로 정신 번쩍 들어
사람신령 좀 지피자

우리나라 풀이름 외기

봄날에 날풀들 돋아오니 눈물 난다
쇠뜨기풀 진드기풀 말똥가리풀 여우각시풀들
이 나라에 참으로 풀들의 이름은 많다
쑥부쟁이 엉겅퀴 달개비 개망초 냉이 족두리꽃
물곳이 앉은뱅이 도둑놈각시풀들
조선총독부 식물도감을 펼치니
救荒食의 풀들만도 백오십여 가지다
쌀 일천만 섬을 긁어가도 끄떡없는 민족이라고
그것이 고려인의 기질이라고
나마무라 이시이(生村石井)가 '序文'에서 점잖게 게다
짝을 끌고 나온다
나는 실제로 어렸을 때 보리등겨에 土麵 국수를 말아
먹고
복어처럼 배를 내밀고 죽은 늙은이를
마을 앞 당각에 내다버린 것을 본 일이 있었다
햄이나 치즈나 버터나 인스턴트 식품이면
뭐나 줄줄이 외어대는 어린놈에게

어서 방학이 왔으면 싶다

우리 어머니는 아버지를 위해 센인바리(千人針)를 받으러

이 마을 저 마을 떠돌았듯이

나 또한 이 나라 산천을 떠돌며

어린것의 식물표본을 도와주고 싶다

쇠뜨기풀 진드기풀 말똥가리풀 여우각시풀들

이 나라에 참으로 풀들의 이름은 많다

쑥부쟁이 엉겅퀴 달개비 개망초 냉이 족두리꽃

물곶이 앉은뱅이 도둑놈각시풀들

남도의 하늘과 들과 바람 속에

남도의 하늘과 들과 바람 속에
의로움이 아닌 것에는
인간의 뿌리가 닿지 않는 것에는
쉽게 타협하지 않으리
값싼 히로이즘에 물들지 않고
최후까지 남아야 할 것은 사랑이리
무등에 따뜻한 햇빛이 오고
신록이 녹음으로 바뀌어가듯
우리들의 젊음도 그렇게 무성해야 하리
가을날에는 빨갛게 타오르는 단풍이 되어
빛 고운 솔무덤을 이루어야 하리

학문과 예술과 종교와 시
그리고 우리들의 빵과 자유
지혜의 튼튼한 팔과 다리로 꿈꾸는
아 우리들의 무등은
오늘도 힘차게 솟는다

나의 동정과 사색과 고민이 묻어나는
낯익은 거리와 서점과 목로주점
분수대와 시계탑과 저 낡은 성당의 종소리
오늘도 높아만 가는 고층빌딩 아래
두 손 맞잡고 따스한 체온을 나누어 가지는
우리는 정다운 연인이 되어야 하리
땀과 고뇌로 얼룩진 검은 흙탕물을 이끌며
오늘도 쉬임없이 흘러가는 우리들의 광주천이여
이 도시에 살며 이 도시의 전통과 근성을 사랑하고
인간의 밑뿌리가 닿지 않는 것에는
무엇이든지 쉽게 타협하지 않으리

내 어느 날은 슬픔이 보이지 않아
슬픔을 만나러 가는 길
5번 버스에서 전남방직을 우회전하는
21번 버스로 몸을 눕혔네 그때,

허기진 노을이 극락강에 소리없이 닿아 있고
베 짜는 아가씨들이 정문 앞을 우루루 쏟아져 왔네
안된 사랑처럼 내 마음에 잔잔한 슬픔이 일고
그날 밤 한 소녀와 둘이 목로주점을 빠져나오다
무등의 이마 위로 남도 사람의 혼이 딛고 건너야 할
붉은 벽돌처럼 찍힌 일곱 개의 별을 헤아렸네
아 때로는 우리들의 정직성이 측은한 도시
저와 같이 이 시대를 맨몸으로 끌고 가는
우리는 또다시 뜨거운 빗돌이 되어야 하리

오 나의 사랑 나의 젊음
우리 끝없는 고뇌 속삭이며
오늘도 무등은 힘차게 솟는다
시골집 장형 같은 건장한 어깨여
또 오래비뻘로 보면 오래비도 되는 무등이여
어린 조카아이 손잡고 소풍길 가듯
눈부신 날엔 저와 같이 솟아올라

남도풍으로 남도풍으로 가없는 하늘가에 맥을 짚고
우리는 저 둥서리마다 남도의 하늘과 들과 바람 속에
한 솔기 푸른 솔무덤을 이루어야 하리

後　歌

역사여 역사여 우리들의 갑오년

저 곰나루의 피맺힌 함성이여

피로 얼룩지지 않은 성벽을

너는 어디서 보았는가

하늘에서 뜻을 얻어

땅에다 人乃天을 쓰고 죽은 사나이

그는 마흔둘의 팔팔한 나이로 갔지만

그는 이 땅의 민중을 잘못 가르치고 간 것일까

역사여 역사여 우리들의 갑오년

저 곰나루의 피맺힌 아우성이여

동학정신으로 잔뼈를 굵힌 안중근

하얼삔 역두에서 혈서를 쓰고

이등박문을 쏘아 죽이고

팔봉산 접주 김창수(김구)가 상하이로 튀어

우리는 하나지 둘은 모른다,

하나로 죽을지언정 둘로는 살지 않는다,

그 믿음 그 행동 하나로
망명 독립정부를 이끌었고
봇물이 터지듯 와신상담 이를 갈며
손병희 북접통령이
드디어 3·1운동의 독립만세를 터뜨렸다
만해 한용운 선사가 14세의 어린 나이로
동학에 가담하여 의기를 높이더니
끝내는 민족불교를 수호하였다

역사여 역사여 우리들의 갑오년
저 곰나루의 피맺힌 함성이여
피로 얼룩지지 않은 산하를
너는 어디서 보았는가
하늘에서 뜻을 얻어 땅에다 人乃天을 쓰고
죽은 사나이
사천년 우물을 덮고 새 우물을 파놓은
이 사람을 내어놓고

한울님의 음성을 우리는
어디에서도 들을 수 없다

역사여 역사여
갑오년 저 곰나루의 피맺힌 함성이여
우리도 이제는 제 발로 서고
당당하게 목소리를 높일 때가 되지 않았는가?

제 4 부

종 이 학

학이 날읍니다. 한 마리 두 마리 세 마리……
겨울 바람 속에 슬픈 목을 추스리며 학이 날읍니다.
어떤 놈은 목을 꺾고 주저앉아서 하늘 쳐다보며
땅을 치고 웁니다.
어떤 놈은 날개로 바람을 끊으며 임진강 너른 들을 건너
산을 넘기도 합니다.
수업시간중에도 한밤중에도 몰래 내가 만든 종이학이
임진각 누마루에 올라 내가 띄운 학이
태산 같은 분노를 파도 같은 비원을 등에 싣고
오늘은 수백 마리 수천 마리가 되어 날읍니다.
하늘을 날아 저 들판 저 강을 건너 어떤 놈은 주저앉아
목을 꺾고 웁니다.
어떤 놈은 철조망 가시에 눈을 찔려 피 흘리며 가지 못
합니다.

할배, 우리 할배 죽으면 고향 가겠다고 두 주먹 부르르
떨며

눈을 감던 그날부터
온몸 재로 태워 무등 상상봉에 올라 북녘땅 향해
뿌려 달라던 그날부터
아버지는 불효자가 되었읍니다.
이 땅에 우리 부자 말뚝을 어떻게 박았느냐
영도다리 밑 피난 깡통을 차고 아랫말 바닷가를 흘러
무등산 기슭에 깃을 오그린 지 몇 년이냐
아들딸 낳아 30년
아배 태워 재를 만들 수 없다고
이 땅에 뼛골 묻어 통일된 그날 뼛골 추려서
내가 짊어지고 휴전선 넘겠다며
아배는 죽어가는 할배 눈 감기셨읍니다.
머리털 한 올 손톱발톱 한 개라도 여기에
그냥 뿌릴 순 없노라고
온몸 힘주어 할배 몸통 흔들며 울었읍니다.

그 후로 나는 날마다 학을 만들었읍니다.

해태껌의 은박지가 아닌, 바람에 잘 뜨는 조국강산 남
북통일

서예시간에 잘 쓰던 버릇대로 꼬깃꼬깃 화선지를 접어

하루에도 수십 마리씩의 학을 만들었읍니다.

눈 못 감은 할배의 원혼 신고 이 학들이 무사히 그 나라
그 땅에 가

봄이 되면 알을 까고 둥우리를 틀라고……

面民會의 날

우리 청산포 사람들
죽지 않고 살다 보면 꼭두 일년에 한번씩은
이렇게들 만나는군.
까마귀도 고향 까마귀라는데
우리 죽지 않고 살아 만나는 게 이게 어딘가
철수, 용복이, 상철이, 또 내 아는 국민학교 동창들
갓 20대 안팎으로 여드름을 달고 와서
어른이 되고 호주가 되고
대물림 끝에 외톨박이로 떠돌던 놈들,
이젠 제법 출세도 했다.
희끗한 머리에 장군이 되고 사장이 되고
과장, 계장, 주사 하다 못해
교회당 종지기 노인의 아들이었던
끝남이도 어엿한 목사가 되었다.

우리 청산포 사람들
창경원의 벚꽃이 함빡 구름처럼 피는 날

명함을 박지 못한 놈들만 구석지에 모여
언제나 기가 꺾였다.
저희들끼리 키득거리고 술잔을 엎었다.
가설무대에서 마이크가 울고
삼류가수보다 못한 군세어라 금순이가 울고
흥남 부두에 눈발이 쳤다.
새로 바뀐 전화번호를 적고 번지수를 건네받다 보면
새로 끼인 얼굴도 한둘,
산 속의 댕댕이 넝쿨처럼 모진 인연들만 얽히고 설켰다.
이잣돈에 차용증서 재판건이 나오고
저희들끼리 치고 받았다.

우리 청산포 사람들,
막판엔 면장이 나서서 인삿말에
우리 청산포 아바이들, 힘주어 수십 번도 더 들먹거렸고
언제나 그랬듯이 총무란 작자가
회관건립기금 기부자 명단을 호명하면

코빼기도 안 보인 장군이다 사장이다
출세한 놈들의 이름자만 거드름을 피웠다.

이 모임도 이젠 시들해졌군
누가 탄식을 했고
변질됐어 종간나새끼들!
누가 맞받아 응수를 했다.

아, 결국은 조금씩 취해서 돌아오는 길
못난 놈들만 고향 냄새를 풀어놓고 돌아오는 밤길
해마다 이맘 때면 구로공단 막바지 언덕길엔
하늘 높이 둥근 달이 떠서
내 고향 성천강 물소리만 귀에 부서졌다.

임진강 오리떼

오는구나 잘들 오는구나
해마다 이맘 때면 저희들끼리
재잘거리며 훨훨 산을 넘어 강을 건너
임진강 너른 벌판에 털썩털썩 주저앉는구나.

와글와글 재잘재잘
와글와글 재잘재잘

함경도 낯익은 아바이 사투리 같고
평안도 낯익은 에미나이
감자밭 감자 캐는 소리 같고
내 살던 칠성문 밖
보통학교 하급반 시절
조선어독본 글 외는 소리 같고

보통강이 얼면 보통강에 나가
썰매 끌며 얼음 끄는 소리

와글와글 재잘재잘
와글와글 재잘재잘

개성 뒷산을 넘어 임진강을 건너
해마다 이맘 때면 국경선도 휴전선도
귀쌈을 패버리고
오는구나 잘들 오는구나

한 철을 살다 훌쩍 떠날
아, 우리는 오리떼만도 못한
네 아비 내 어미 원통하게
살다 죽은 땅

(오리떼는 산비탈 등성이에 그림자를 떨구고 세찬 하늘 여울물
휘감던 날, 아배는 오리치를 놓으러 논으로 내려가고 나는 기다리
던 아배 오지 않아 아배 버선목 뒤집어 시악이 나서 물어뜯던 날)

오는구나 잘들 오는구나
휴전선도 국경선도 밀어붙이고
귀쌈을 패버리고

風　葬

오늘은 할아버지 고향 가는 날
차마 성한 육신, 백발로도 가지 못하고
혼백으로 바람 타고 가는 날
살아서는 산도 옮길 듯한 한이
삭아서는 한줌의 재
물길 따라 바람 따라 고향 가는 날
바람아 불어다오

추석달이 뜨면 갈거나
임진각 누마루에 올라 함부로
북녘땅 여기저기 손가락을 디미시던 할아버지
어느 날은 채송화며 봉숭아
꽃씨 주머니를 풍선 끝에 매달아
바람도 없는 날
우우우우……
입으로 불어 올리시던 할아버지

조선호텔 로비에서 웬수 같기만 하던 얼굴이
TV 화면에 불꽃처럼 스치던 날
예수당이 강냥욱인 지금도 살아있었수구레
동갑내기라고 좋아서 껄껄 웃으시며
여기 망문서가 있다고 고의춤 풀어놓고
손바닥을 흔들던 할아버지

임진강 나루목을 건너 저기 저
개성 뒷산을 넘어서
황해도 해주 근처 옹진반도 안악골까지
바람아 불어다오
오늘은 할아버지 물길 따라 바람 따라
고향 가는 날.

이 땅엔 아무런 기적도
일어나지 않았다

오늘은 우리들의 친구 상기가 죽었다.
이 땅의 하늘도 억울해서
그의 죽음을 외면 못해
주룩주룩 겨울비를 내렸다.
그와는 단짝 동무
자지에 흙고물 묻히던 놈,
1·4 후퇴 때 우리는 국군을 따라
피양북도 강서군 용당포를 떠났다.
동두천 고아원을 떠돌며 G. I. 들의 뒷다리 긁어
배트라지고 꼬부라진 말로 뼈마디가 굵었다.
한때는 미군 P. X. 를 털어 인천 소년형무소에서 똑같이
삼년 징역을 살았다.
열 살 때 문산 말죽거리에서 똑같이 헤어진 부모를 찾아
반평생 전국적으로 떠돌았다.
수원에서 오산, 평택에서 부산까지 넝마처럼 흐르며
줄창 같은 나이 사십, 아들딸 기르고
그럭저럭 집도 한 간.

이제 그가 이 바닥에서 그리 쉽사리 간암으로 쓰러질 줄이야.

발인을 하고 상두꾼을 따라 그의 관이 운반되고
나는 주먹으로 못질을 했다.
또 우리 이북이 고향인; 아는 친구 몇
대낮부터 벌겋게 소주에 달아오르고
못 간다, 고래심줄 같은 내 돈 떼어먹고
저승 가면 너 편히 잠들 줄 아니?
노잣돈이라도 차압하겠다, 집달리에게 네 관이라도 차압하겠다,
대자 가옷 흙구덩이에 그보다 먼저 들어가 웩웩 낮술을 토했다,
아, 우리 서북 친구들, 너무 억울해서 소리소리 치며
그를 따라 나서는 날은
겨울비만 주룩주룩 내리고
이 땅엔 아무런 기적도 일어나지 않았다.

우리들의 즐거운 집짓기 놀이

이 탁자를 보십시오. 흰줄로 그어진 중앙선에 박혀 있
는 UN기와
붉은 깃발이 조금씩 높아지며 펄럭이는 것을——이 선
을
연장해 나가면 똑바로 휴전선이 되는 게지요? 그럼,
이 집을 설계할 때
이 중앙선만은 신성불가침의 절대적인 사명감으로 단
0·1mm의 오차도
없이 완벽한 설계를 했다 이 말 아입니껴. 오, 언제나
즐거운 나의 손님.
커다란 딸기코를 흔들며 오 땡큐 하면 언제나 저쪽도
쎄쎄 이렇다
아입니껴. 팔에 빨간 완장을 두른 쪽은 언제나 북쪽 강
냉이 수염들이구
넥타이를 풀며 카메라를 들이대는 쪽은 언제나 이쪽 아
이들 아입니껴.
아 지금 ××차 무슨 정전위원회가 시작되나 봅니다.

무쇠 테이블이

셋, 무쇠 스프링 의자가 똑같이 중앙선을 마주보며 한 쪽씩이

여섯, 이 탁자 위에 올려진 유일 품목, 오늘 글쎄 어떤 상품이

진열될지요. 남북어부? 무차별 사격? 다단추식의 지뢰? 아웅산 사건으로 인한

테러근성? 인도주의 교습? 88 올림픽 교류? 우리 솔직히 터놓고 합시다.

그래, 그 말버릇 여전하시구레. 뭐라구? 갓뎀! (죄없는 무쇠탁자 흔들흔들)

두 개의 판자문 열고 닫고. 남문과 북문. 허 이거 왜 이래? 노동자 농민들 피땀 빨아 이젠 낯가죽이 뻔뻔해졌다 이거 아입니껴? 만나자마자

또 공세로군! 공세? 디게 무서워하네.

정초부터 떨긴? 그 성깔 여전하시다레.

담배 피기라요. 담배 피기라요. 개성시 남단, 문화회관

이 섰던 자리

　아니, 문화회관의 변소, 우리 지금 앉아 있는 이 자리

　그 변소간이란 것, 동무나들 알기나 하갔수레. 이 똥자
리를 깔구서라도

　우리에게 필요한 건 까꾸로든 옳게든 통일이우다. 아,
우리들의 즐거운 집짓기 놀이.

　저는예, 이 문을 자유로이 남문으로 빠지려다 영웅적
으로

　귀쌈을 맞을 뻔한 적도 있지만예, 지금은 철이 들어

　노크(에취! 이게 부르조아 무슨 냄샌데?)도 할 줄 알고

　급하면 우리 중앙어로 **탕! 탕!** 두 번, 이렇게. 그러나
익숙해진 게 아니라예.

　팔에 완장을 두르고 사타구니에 개집을 처박고 피양에서

　내려오는 날은 아침부터 동무들에게 시집 간 것처럼 괜
히

　기분이 좋아라에. 뭐라꼬? 퇴폐적이라꼬예? 이래봬
도

내 처녀성은 우리 아바이 동무나도 알고 있다는 것 이거이 동무나들 알기나 하갔수레.

봄 날 에

찔레꽃이 피면 갈거나
藥山 동대
진달래꽃이 피면 갈거나

봄날은 다시 와 광주천변에 휘늘어진 수양버들
하마 꾀꼬리 울음도 깃들일 법하다만
내 고향은 녕변이야유
한잔 술에도 얼큰한 복덕방 김씨 영감
오늘은 어린 손주놈 손목 잡고 나와
촘촘한 버들눈을 훑어내어
떼끼칼로 촐래를 만들어 부니
고운 가락이 샘물 솟듯 한다
어린 손주놈도 멋모르고 따라 솟고
오가는 행인들 발끝도 따라 솟는다
잠시 제가끔 아득한 향수가 물결을 친다
내 고향은 녕변이야유
한잔 술에도 얼큰한 복덕방 김씨 영감

찔레꽃이 피면 갈거나

藥山 동대

진달래꽃이 피면 갈거나

믿음, 소망, 사랑

더운 바람에 갈대만 술렁인다
개성 뒷산을 바라보며 강변을 어슬렁거릴 때
강물 타고 떠내려온 철모 하나
나는 이것이 누구의 것인 줄 알 수가 없다
쪼그리고 앉아 해묵은 갈대 알구지로
철모를 건져올린다
뚜껑 없는, 속이 빈 화이버
흰 물새 날개깃 같은 글씨가 또렷하다
믿음, 소망, 사랑——이건 참 이상하다
20년 전 참호 속에 숨어 내가 ○○군번으로 썼던 낙서
이 글자판의 화이버가 녹슬지 않고 지금도 떠내려온 것
은
아침 세수길에서 그때 내가 멍청히 흘려보낸 철모일까
아 오늘 이 강가에 나와 내가 다시 만난 침묵
이 침묵은 너무 두렵고 고요하다
이 침묵을 깨뜨릴 자 누구인가, 답답한 산도
이제 한번쯤 돌아앉아 입을 열 때가 되지 않았을까

일요일 한낮 자유의 다리 밑에 가서

내가 주운 철모 하나

옛날 구파발 어디쯤 해어름 일고 가을꽃 진 자리

설움으로 복받쳐 무심히 써보던 낙서

참 이상한 일이다

지금도 녹슬지 않고 떠내려온 것은.

도시락 뚜껑을 열다가

오늘 내가
도시락 뚜껑을 열다가
눈물을 흘린 것
아무도 모릅니다
아무도 모를 거예요.

인간이 살면 얼마나 삽니까
올해로 그분의 나이 아흔 살
오늘은 그분의 아흔한 번째 생신날
마른 북어 몇 마리
연시 몇 개
그분이 좋아하시던 식혜 한 대접
상을 차리고
남한 여자와 북한 사내가
두루뭉수리로 된 아들딸 데리고
꿇어 엎드려
천번 만번 빌고 빌었읍니다.

신의주에서 안동까지
열차를 타고 소풍 갔던 그날처럼
임진강 녹슨 철로를 닦고 닦아
붕붕 신나는 기적을 울리며
당신 품에 이 손주들 한 번만이라도
안아보시라고
천만 번 빌고 빌었읍니다.

당신의 생신날 아침,
아내가 싸준 찰밥덩이
무심코 도시락 뚜껑 열다가
눈물 흘린 것
아무도 모릅니다
아무도 모를 거예요.

추석 성묘

추석에는 교외선을 타자
자갈들이 일어서서 우는 이 나라의 시골길을
초가 지붕의 돌담길과 깨어진 비석을
미류나무가 서 있는 냇가, 서낭당
버려진 무덤을 찾아서

추석에는 교외선을 타자
힘있게 흐르는 강물이 천리강산을 달려와서
몇 평의 모래밭을 만드는 것을
산에 마음을 주며 네 자랐던 곳
서울서 기차를 타고 여섯 시간
하늘 가까이 내려오다 멈춘 동네
백로의 날개짓과도 같고 웅덩이의 잔물결과도 같은
우리 조상님네의 숨결이 어려 있는 땅

추석에는 교외선을 타자
황토와 자갈과 그리고 말오줌내 엉질러져

이따금 하얀 칠경꽃들이 피어 흔들리는 길
시든 나뭇잎 떨어지는 울음 같고
그늘진 골짜기와도 같은 그러한
적요함을 찾아서

추석에는 교외선을 타자
천년을 그렇게 살아온 나의 할아버지와
할머니의 뒷모습……
우리들의 흙 속에 바람 속에 묻혀 있는
그윽한 숨결을 찾아서

추석에는 교외선을 타자
남끝동 저고리 옥색치마의 한 주름에도
서러운 이 나라의 역사와 한숨이
배인 여인아

너와 나는 이슬 묻은 어느 산자락 항아리처럼 누워서

조상님네의 숨결을 타고
가을볕 아래 질펀히 흘러가는
저 모래톱이며 강물을 보자

추석에는 우리 다 함께 교외선을 타자
저 허공 위에 빗장고름 펄펄 날리며
도라지 풀초롱꽃 더윗술을 걸러 마시고
어느 여울물에 손발을 씻자
손발을 씻어 새 힘으로 뭉쳐서 돌아오자

겨울 清凉山

겨울 淸凉寺에 가서 만났다.
소복단장하고 뒷머리채도 치렁치렁
버선발 내밀고 살냄새 피며
사뿐 큰절 올리는
고 비릿한 처녀 계집애
두 눈에 눈물 잔뜩 고여 할 말 있다며
불쑥 내 잠자리 파고들었다.
식은땀 등에 흘리며 잠자리 걷어차고
아침에서야 대중들의 공양상머리
이 얘기 털어놨다.
우리들의 공양주 어진 보살님도
혀끝 말아쥐며
우얄끼나 우얄끼나……
아직도 승천을 못했나빔
작년에도 서울서 왔다카는 한 총각아이
그 뒷골방에서 처녀기집 만났다는디,
걸려도 깊이 걸렸든지

부모들이 내려와 청량사의 산신각에
씻김굿을 올렸더라는디
우얄끄나……
그 처녀계집 공비토벌 때
젊은 산 손님을 따라 돌다
절문 밖 고목나무에 목을 매고
고목나무도 이젠 처녀애의 형상대로 말라 비틀어져
우리들의 가슴을 쥐어뜯지만
그녀 아직도 살아 이 깊은 계곡 육룩봉을 서성이며
살냄새 그리웠던지
내 잠자리 불쑥 파고든 것이리라.
그러나 그대, 이 땅의 젊은이들아
내년에도 내명년에도 그 후명년에도
한 시인이 만났던 자리, 그 시인도 가고
겨울 청량사에 눈이 쌓여 구들을 달구거든
그녀 섬큼 불러들여
그녀의 치맛말을 풀어 천도를 시켜달라

네 살아있음의 끝이 그녀 죽음 위에 숨쉬고

네 젊은 혼이 그녀 맥박 속에

살아있음을 알아

너는 여름밤 달맞이꽃

또는 이 산기슭에 피어나서

밤이슬로만 소복단장한

그녀 모습 보고 울리라.

제 5 부

韓國痛史抄
달노래

韓國痛史抄

號牌論

대 방목패

한세상 호비칼로 나막신이나 파며 살거나

고리짓는 고리백정 되어 볼거나

온몸 포승줄에 묶여서 입에는 재갈 물고

한 시대의 뜨거운 소리가 목울대를 치며 말이 되지 않
는다

허칠복 김팔복 박판돌 최돌이······

널빤지에 새겨진 私童의 이름들

볼기짝을 헤집으면 불인두 놓아

누가 맴매하고 간 흔적

소 한 마리에 장정 다섯

계집 하나에 일만오천 냥

서슬 푸른 흥양 아문 영광 아문의 낙인도 찍혔다

햇빛 좋은 날은 버들잎 따물고 고리백정 되었다

날 궂은 날은 천둥벼락에 칼을 갈아 개백정 되었다

시구문 밖에선 때아닌 일진광풍 비가 퍼부으면

꿈 같은 한 세월 목을 날렸다

소방목패

처라 치랍신다

주리 압슬에 단근질 닭달을 해도

주둥아리 하나는 여전하구나

동헌 마루를 구르는 감형관의 서슬 푸른 목소리

군문 네거리에 목을 내어 걸어도

옥사장 큰 문은 미어터지기만 한다

이놈이 튀면 저놈이 불거지고 해거름 못물에 고기 튀듯

한 떼거리는 의주로 빠지고 강화로 빠지고 남한산성으로

빠지는

철의 삼각지

十勝地로 꾸역꾸역 몰리기만 하는 저 행렬들

國喪도 잦고 白笠도 지겹다.

구휼미 구황미 타박으로

보두청 가마솥 앞에 줄을 서는 날은
에라 썅, 물구나무나 한 번 서보자
이징세 균전미 환곡미 백지징세 인두세
이방 좃방에 형방 호방까지……
누가 알 것이냐, 李朝
그 지악한 불볕 속에서도 죽지 않고 타오르는 황토길
밤 새고 나면 가랑잎 지듯 쌓이는 小方木牌들을
아전님 小室宅 불쏘시갯감이나 되어
새로 연기를 갈아꽂는 날 아침은
울밑 노구솥 장 끓는 내가 코를 미어
궛것도 물 건너온 궛것보다
우리네 궛것이 더 정답더라

황양목패

살아 움직이는 것들은 아우성이고 함성이다
분노가 보이지 않는다

노적가리 서리 묻은 기러기 긷이 환히 내다보이고
옥관자 떠를 늘인 달무리도 여울물을 이루었다
어디서 나물 먹고 물 마시고 가야금 소리 흐르고
잘 다듬어진 香木 위
진사, 생원, 초시, 참봉, 사과, 아전, 상전, 마님, 진지
쌍⋯⋯섭⋯⋯좃
댓돌 아래서 하님들의 욕설이 튄다
수수밭에 바람이 불고 長木더미에 눈이 쌓인다
노새도 추워서 방울을 흔들며 이따금 뒷벽을 차는 밤,
한 사내의 상투를 걸어잡고
창호지 문발로 드러나는 희미한 계집의 웃음소리
내일은 친정 오마니와 반보기하는 날, 신관 사또가 새
로 오는 날,
얼씨구, 반보기로다 반보기로다
수줍게도 눈웃음을 치며
꼬리를 살짝 감추는
황양목패

각   패

네가 네 죄를 알렸다

(내가 물고 있는 이 자리가 얼만데)

네가 네 죄를 모른다 지독한 놈, 여봐라 뭣들 하느냐

하나이요 둘이요 서이요…… 十杖歌에!

(네 목은 쇠로 된 줄 아니?)

그 해는 앞산 뻐꾸기도 힘이 빠져 울더니 甲午更張을 넘

어오면

올해의 십장가엔 뻐꾸기도 뜸을 들여 운다

귀통지를 해주랴, 이놈아

3만 냥이다 3만 냥……

아   패

지금도 앞냇둑 수양버들 잎 피는 거 보면

장동 김씨 60년 한 세월 보는 듯하다

천하잡놈 대원이 대감 생각난다

상무 쓰고 고깔 쓰고 논다니패들 가랑이 밑으로

해가 지는 날은

상투 풀고 물장구 치고 입에 붓 물고 허벅지에 **난초 치**
고

치마폭에 뼁돌이 넘는

천하잡놈 대원이 대감 생각난다

종실도 씨가 마르지 않기 위해선 이만해야

한 기둥감도 되느니

주모가 따라주는 외상술도 갓끈도 저당 잡히고

국궁도 하고 평신도 하고

시정잡배들 거느리고 종실에서 역적 난다더라 소문도 퍼
뜨리고

인고와 수모로 다져온 세월

앞냇둑 수양버들 잎 피는 거 보면

천하잡놈 대원이 대감 생각난다

아니 아니 우리 증조부 구실살이
아들 하나 늦깎은 죄로 황구첨정에다 백골징포
거센 바람 맨몸으로 다 때우고
대들보에 무너진 허리, 자춤발이로
한잔 거나하면 한 곡조 처억 늘어지던
경복궁 달구노래 생각난다

달 노 래

울어라 울어라 동녘 새야
창포꽃 물어다 동창에 놓고
한이 되어 팔려갈 몸뚱아리

가보세 가보세 갑오년
못 가면
을미 적 을미 적
병신되네

달래는 최바우(崔乭石)의 지어미
돌하 노피곰 도드샤
어긔야 머리곰 비취오시라
어긔야 어강됴리
아으 다롱디리
달래는 밤마다 집을 나간
지아비 꿈을 꾸었네

달래는 밤이슬 속에서만 피는
달맞이꽃
동학군 누렁띠를 머리에 두른
바우는 태인에서도 이름난 장사였네

황등 겉보리 씨나락 오쟁이까지
다 훑어도 쌀 한 말 내기 어려운 숭시에도
백중 달밤이면 어김없이 마당에
황소를 몰고 들어섰네

추석날 밤이면 으례
스무 판의 씨름을 겨루어
박달나무 홍두깨처럼 단단하단 마을 장정들도
샅바 던지고 피해 달아날 때면
안산 마을의 터주대감
그의 상전인 李進士도
두둥실 둥기둥기야

양반 꼽사등이
도래춤을 추었네

갈대가 날리는 강언덕이었을까?
아니여, 수숫모감 꺾던 수수밭 고랑이었지
열여섯 달래를 덥석 안고
질경꽃처럼 밟아도 살자던
우리 사랑 약속했었네

남도 장터마당을 휩쓸며
나이 서른까지 몰아온
황소 스무 마리를 바치고
이진사로부터 살림을 난 것은
그해 동짓달
새알 같은 눈발이 비치던
어느 날이었네

마을 장정들은 이진사의 행랑채에

두 밤 세 밤 몰려들어

밤새도록 가지 않고

그 힘을 내라 다그쳤네

화승총 맞아도 죽지 않는다는

그 어른

녹두 큰장군 따라 나서지 않고

무얼 하느냐고 꼬드겼네

악질 부사 이용태를 목 베려다가

낭패했다고도 하고

녹두장군 큰어른 따라 전주감영 옥문을 부쉈다고도 하
고

감사또 사는 큰 城을 뺏은 후에

관군이 동학군과 타협해

집강소를 설치하는 조건으로

폭도들을 요구해서

할 수 없이 내어주었다고도 하고
큰장군들도
눈물을 흘렸다고도 하고

아니, 석양 무렵
우리 동네 올라오는 고갯마루였나봐
바우가 탄 말발굽엔 뽀얀 먼지가 일고
질끈 동여맨 누렁수건에는
흰 산대꽃을 꽂고
하늘 찌르게 긴 죽창 들고
바우는 갈기 성성한 흑말 위에 앉아
호령하는.
달래는 밤마다
이상한 꿈을 꾸었네

왜 그렇게 꾸물거리고 더뎠는지
말 울음소리 하늘에 닿았는데

문을 열고 보니 먹장구름 터진 하늘
바우가 탄 흑말이 찍고 간
말발굽같이
북두칠성이 또렷하였네

숭년 殺年마다 뜨던 햇불이
안산 말턱고개에서 며칠째 흐르고

저놈의 저 혼불 여우불이
숭년 그 살년마다 시커먼
안산 말턱고개에 찍히던 것이……

석달 가뭄에 땅바닥 갈라터지고
역병이 들던 해도
당각에 내다버린 시체들
저 귀신불로 훤하더니……
큰불 날 거라고 변고 터질 조짐이라고

야단들이더니
그날 곤한 새벽
행랑채 뒷울담 밖에 떠서
바우는 홀려가 끝내 돌아올 줄 모르는데
웬일일까 이 밤에도
저 악상 난다는 혼불이……

아니여, 거짓말
참말, 그럴 리 없어
풀 먹인 핫바지옷 입고
안산 말턱고개 넘던 새벽녘
내 아랫배 슬슬 쓸어주면서
'돌배'라고 애기 이름 지어놓고
다섯 달 후, 달덩이 같은
우리 애기 큰 애기 생기면
쉬이 오마고 했는데
오늘밤도

저 흉액 같은 혼불이 또 흐르다니……

흉액 같은 불이 흘러
달래는 홀린 듯 홀린 듯 비틀거리며
넋을 잃고 문 밖을 나섰네
바우 탄 상여는 어느새
한내천을 건너서
당산마루로 올라가고
한내천 물을 첨벙거리며 맨발로
향두가 송장 치는 노래 속에
강 위로 둥실둥실 떠오르는
달을 보았네

"……대회군민하라 대회군민하라
참신케 하라 참신케 하라.
어리석은 무리 나랏님에 거역하며
천지를 분별 못하고 회동하니

단근질을 시작하라
이놈, 저지른 네 죄, 하늘에 뻗친 줄
네가 알렷다
등 껍질을 벗겨내고 혀를 잘라라
폭도의 목이다
군문 높이 매달아라
흉폭도의 목이다."

목이 떠서 하늘 높이 내어걸린
바우 얼굴
강물 위에 두둥실
달이 떴네

돌하 노피곰 도드샤
어긔야 머리곰 비취오시라
어긔야 어강됴리
저 달을 치마폭에 싸서

아으 다롱디리

애장을 쓸까 독장을 쓸까

석삼 년 초분을 만들까

진 장 마른 장 갤 날 없는

살풀이 열두 고를 풀까

달래는 강가를 떠돌며

한밤내 춤을 추었네

다음날

말턱고개 이진사 마을엔

역병 같은 전설 하나

이상한 소문이 떠돌고

마을 다녀간 보부상 얘기로는

태인 저잣거리에 조리돌림 같은

웬 미친 여자 하나 배가 불러

떠돌더라네

그것이 암만 봐도

안산마을 달래 같더라고……

지금쯤 한양쪽으로
터덜터덜 가고 있을까?
마을 아낙들이 흘린 얘기로는
동학 폭도들을 시구문 밖으로 달아올린다는 소문

북쪽으로는 때국 사람들 납날개 양총 들고
까막떼처럼 몰려오고
경기땅 제물포로 신식총 앞세운
일본 군대 용산벌을 뒤덮더라는 얘기

그것들 동학군 잡는다고
닥치는 대로 양총 놓고 불 지르고
노인네 어린애 마구 잡아다 죽이고
여염집 사람 굶주리고 시달려서
눈 퍼렇게 불 켜들고 미쳐 날뛰더라네

실성하여 가마솥에 불 지펴
애기 삶아먹고 간을 빼먹고
감잎에 흙을 싸먹고 죽더라는 얘기

——흥 농사꾼 주제에
　　동학군 누렁떠를 머리에 둘렀다지
——천지 분별없이 사람을 죽이고 다녔다지
——흥폭도, 역적
——소금독에 절여 장대 끝에 매달아라

태인 읍내 비각거리
커다랗게 나붙은 榜
동학군 머리 하나에 일백 냥
녹두장군 군사 중에 붙잡힌 사람들
이미, 한양성으로 달아 올리고 있더라고
그래서 일본 군대가
재판을 시작하더라고

140

그 방을 따라 터덜터덜
달래도 한양성을 걸어갔네
맨발 벗은 채

그것은 오히려 잘된 일
그 사흘 후, 안산 마을도
불더미 속에 가라앉고
붉은 철릭자락 높이 펄럭이며
감형관 이용태의 무릎 아래
무쇠홍로 이글대는 숯불
긴 인두 번갈아가며 아낙들 혀를 뽑아
하늘에 사무쳐도 말이 안되는
궁을궁을 궁궁을을 소리……
지금도 그 어디 바닷가에서
죽은 넋은 파도가 되어
변산반도를 휘어돌며
슬픈 귀곡성 소리 잘도 낸다지

죄인들은 일본 군대 훈련터 가까운,
오작벌인가 하는 데서 칼로 베이고
혹은 양총 놓아 죽이는디
아 오작벌이 본시 왜 오작벌이란가?
저녁 연기 피면 날아온 까막들
온 벌을 먹물 뒤집어 생긴 이름인디
양총 놓는 소리, 하늘을 가로질러
이젠 까막도 피해 가는
무서운 벌판 되었다네

그 후, 달포가 흐른 어느 날,
오작벌 가까운 홍등가
지금으로 말하면 관광기생 쎅스특공대
오오시마(大島)의 혼성여단이 달고 온 촌락!
일제 36년, 이 땅의 23만 여성을 묶어 갔던
정신대의 효시

142

이름하여 도랏꽃 같다는 조센삐들!
그 어느 술집 문설주에
기대어 섰는 여인 하나
흰 소복을 한 그녀는
바로 달래였네
달맞이꽃처럼 밤이슬에만 피는……

인경이 열두 번 울어
이젠 성문도 닫을 시간인가 보지
허공을 우러르며
어젯밤 꿈에도 그젯밤 꿈에도
떡 벌어진 어깨
왕방울 눈
애를 만들면 항우장사 같은 애를
만들 거라는 바우
그 바우 얼굴이 꿈에 보였네

그끄제 저녁 그저께 새벽에도
엊저녁 새벽에도
문 앞으로 지나가는 풍각소리
양총 놓고 대포 트는
고랏 고랏의 소리
군문 네거리 지금 듣는 소리는
죄인들 달아 가는 소리 아니라
청나라 물장수들이
물 달아 가는 물타령 소리

그러나 어젯밤 새벽녘에 다녀간
망나니 하나가
잘도 일러주었네
옷자락이 온통 피냄새뿐인……

──내 한평생 오작벌 칼잽이로 살았어도
그렇게 목이 나가지 않는 놈은 처음 봤응께

칠척 장신에 맷돌 같은 목이 활처럼 울고
칼이 고무공처럼 튕겼으니께

혹시 바우 아니려나?
달래는 버선발로
오작벌을 뛰었네

먼동이 터오는 오작벌
낮고 음산하게 내려앉은 하늘
하얀 무리들이 하늘에서도
자꾸만 쏟아져오는데
아직도 검게 타오르는 몇 줄의 연기 속에
몇십 구인지 시체가 거적에 덮여
여기저기 널려 있었네
머리 풀고 소복한 여인 하나
한 구의 시체 앞에서 오래오래
어깨를 들먹이는⋯⋯

치마폭에다 싸 안은

首給

한

개.

"……인자 난리도 잔대여.

그러면 산을 새로 일구고

뼈가 부서져라 일을 할 거여

탄탄하게 새 집을 짓고

달래랑 오래오래 살 거여

그 어른 말씀

백 번 옳다는 생각으로 그 생각으로.

우리 쌍것이야 언제 나랏님 덕 봤드누?

……임자는 아무도 못 뺏을 거여. 오래오래

함께 살 거여

우리 달덩이 같은 애기 키우고

146

산자락 모아 새로 울바자 틀고 외넝쿨 올리고
대를 이어 초가 삼간 짓고.

풋보리 보리숭년 지겨워도
탯줄 같은 인정
三韓이 살던 땅
양지쪽 산마루 토방을 짓고
봉숭아 꽃씨 뿌려
착한 딸년 손톱에 물들이고
시집 보내고 장가 들고
토장국 쑥국 냄새 술이 끓는 오지항아리
상고 적 마알간 하늘 보며
우리 그 땅에 가서 오래오래 살 거여.'

돌하 노피곰 도드샤
어긔야 머리곰 비취오시라
어긔야 어강됴리

아으 다롱디리

새야 새야 파랑새야
웃녘 새야 아랫녘 새야
만수무연 풍년 새야
가마솥에 누른밥
아닥딱딱 긁어서
너 먹자고 농사 지었니?
우리 먹자고 농사 지었지.

■ 跋 文

황토빛깔의 시인

朱　　東　　厚

〔소설가〕

　타박부터 해야겠다. 잡다한 일상에 묻혀 늘 허우적대는 나를 붙잡고 이름도 해괴한 『아도』라는 제3시집을 내는데 거기 "자네가 발문을 좀 써야 쓰겠다"니 이건 억지도 보통 억지가 아니다.

　조그마한 등 하나를 넘으면 서로의 집이 있어서 만나려고 마음만 먹으면 조석으로도 만날 수 있는 가까운 이웃이지만 우리는 그렇지 못해서 한 달이고 두 달이고 잊어먹고 산다. 그러다 어느 날 연락만 닿으면 형님 동생이 되고 마는데 그러면 무엇 하나. 송수권 형은 여기저기 꾸준히 작품을 쓰고 있지만 나는 그걸 일일이 찾아 읽지도 못하고 어쩌다가 신문 같은 데에 실물보다는 훨씬 뺨이 통통하고 그럴 듯하게 생긴 사진이 나오고 평(評)이 나오면 이번에 또 뭘 하나 쓴 모양이로구나, 하고 치부해두는 것이 고작이기 때문이다.

　그래서 이 '발문'이라는 글이 나에게 맡겨진 것이 껄끄럽다. 뿐만 아니라 억울하다. 송수권 형이 구례중학이라든지 금당중학교 같은 촌으로만 돌아다녔다면 아직도 형은 내가 자기보다 나이가 더 많은 사람으로 알고 있을 터인데 광주로 온 이후 우연히 이야기 중에 나이가 밝혀지고 그때부터 속절없이 내가 동생이 되어버렸는데, 그런 일만 없었다면 나에게 감히 "발문을 좀 써야 쓰겠다"라고 나오지도 않았을 것이다. 우리는 그런 처지다. 한(恨), 그것도 저 유명한 전라도의 한을 품고 사는 사람들로서 늘 만나서 반갑고 그저 기대고 싶은 그런 사이임이 분명하다. 더구나 형은 크지 않은 키에 고흥 출신답게 까무잡잡한 피부를 하고 있어서 더욱 친숙하며, 좋은 시를 꾸준히 쓰고 있는 시인이라고 해서 뻐기지 않아 다행스럽고, 가난하고 지위가 높지 않은 것이 고마우며 낚시꾼으로 고기잡이 얘기를 곁들일 수 있어서 좋다. 그렇게 저렇게 연이 닿아 있는데, 어찌 이번 부탁을 마다하랴.

나는 좀 시건방진 생각을 하고 있다. 우리 문단이 제대로 될 양이면 문인재시험을 보아야 한다는 생각. 어중이 떠중이 막 나와 가지고 종이 버리고 독자들 구미 버리고 이 나라의 문학 버리는 일이 영 못마땅한 사람이다. 그런 가운데서도 우리 송수권 형만큼은 재시험에서 빼달라고 말하고 싶다. 무엇보다도 그는 시를 시답게 쓰고 있는 사람이기 때문이다.

시가 시로서 성립하기 위해서는 시다운 가락이 있어야 하고 아픔이 있어야 하고 역사가 있어야 하고 늘 깨어 있는 인식 혹은 정신이 있어야 할 것이다. 가락에만 빠져서 음풍영월이 되어서도 안될 것이고 그렇다고 현실에만 매달려 메마른 '프로파간다'가 되어서도 안될 것이다. 송수권 형의 시들은 이 점에 있어서만은 지극히 철저하다.

"대숲 바람 속에는 대숲 바람소리만 흐르는 게 아니라요/ 서느라운 모시옷 물맛 나는 한 사발의 냉수물에 어리는/우리들의 맑디맑은 사랑//봉당 밑에 깔리는 대숲 바람소리 속에는/대숲 바람소리만 고여 흐르는 게 아니라요/대패랭이 끝에 까부는 오백년 한숨, 삿갓머리에 후득이는/밤 쏘낙 빗물소리……//머리에 흰 수건 쓰고 죽창을 깎던, 간 큰 아이들, 황토현을 넘어가던/징소리 꽹과리 소리들……//남도의 마을마다 질편히 깔리는 대숲 바람소리 속에는/흰 연기 자욱한 모닥불 끄으름내, 몽당빗자루도 개터럭도 보리숭년도 땡볕도/얼개빗도 쇠그릇도 문둥이 장타령도/타는 내음……//아 창호지 문발 틈으로 스미는 남도의 대숲 바람소리 속에는/눈 그쳐 뜨는 새벽별의 푸른 숨소리, 청청한 청청한 대닢 파리의 맑은 숨소리"

「대숲 바람소리」라는 이 시를 보면서 우리의 운율이 이렇게 좋을 수 있구나, 시의 아픔이란 것은 바로 이런 것이로구나 그리고 역사라는 것이 시에서 이렇게 수용되는 것이로구나, 시정신이란 바로 이런 것이구나 하고 느끼지 못하는 사람이 있을까. 남도의 맑은 서정과 역사성을 바탕으로, "생기(生氣)로 피는 한"을 근간으로 하여 75년 문단에 나온 이래 그는 꾸준히 자기 시세계를 확장해 왔다. 초기에는 명징한 서정으로 「산문(山門)에 기대어」, 「지리산(智異山) 뻐꾹새」 같은 시를 쓰다가 78년의 「미류나무 끝」에 와서는 "낯 간지러운 서정시로 흥타령이나 읊으며/우리들처럼 어깨춤이나 추며……/이 강산 좋은 한 철을 너는 무심히 지나갈 거냐……"고 하면서 그 나름의 짙은 역사성으로 빠져든다. 장시 「동학혁명(東學革命)」과 「달노래」 등과 「붉은 무덤」, 「춘향이 생각」, 「평사리행(平沙里行)」 등이 그것이다.

그러나 송수권 형은 시가 역사의 시녀가 되는 것도, 70년대를 살아오면서 '참여현장론'의 종속이 되는 것도, 80년대의 이른바 '민중시'의 예속이 되는 것도 싫어하는, 자유분방한 개성의 시인이다. 그는 일차적으로 '시는 시여야 한다'는 명

제에 확고한 듯하며 이 토대 위에서 현실을 포함한 역사성
이 시에 수용되어야만 보다 더 역동적이며 부활의지가 솟을
수 있다는 이론을 가지고 있는 것 같다. 그는 종래의 서정
시가 한으로 가라앉아 민족의 생기가 없다는 데 유의하여
우리의 서정성을 현대감각으로 재생시키려고 노력해 왔다.

그러나 이제 그는 확실히 남도의 서정에만 매달려 있는 질
긴 모습의 시인만은 아닌 것 같다. 우리의 분단현실과 역사
에 눈을 크게 뜨고 뼈를 키워가고 있기 때문이다. 이 시집의
'제4부'를 이루는 11편의 시들이 그것을 입증해 준다. 무엇
이 그로 하여금 '우리의 현실'에 눈을 뜨게 했을까. 80년 저
광주의 여름에, 그는 전남일보에 「도청 앞 광장에서」라는 시
를 쓰고 그것 때문만은 결코 아니었겠지만 광주여고에서 서
광여중으로 옮겨야 하는 일도 있었음을 기억해 두자.

그러나 그는 언제나 그래왔듯이 그의 자유로운 시적 개성
처럼 어느 한 곳에만 집착하지는 않는다.

"솥단지 안에 내 밥그릇 국그릇/아직 식지 않고/처마끝
어둠 속에 등불을 고이시는 손/그 손끝에 나의 신(神)은
숨쉬고/허옇게 벗겨진 맨드라미/까치 대가리/장독대 위에
내리는 이슬/정화수 새로 짓고/나의 신은 늙고 태어나고/
새새끼처럼 조잘댄다"

「아그라 마을에 가서」에서 보듯이 황토의 신이 상징하는
힘, "정정(淨淨)한 눈물 돌로 눌러죽이고" 일어서는 힘, 「지
리산 뻐꾹새」에서 보듯이 온 산맥을 뿌리째 흔들어 놓는 뻐꾹
새 한 마리가 결국 추수림 끝에 섬진강을 열어놓는 힘, 그
힘이야말로 그가 찾는 황토의 신이며 바로 이 황토의 신이
우리 민족을 통일로 이끌고 부활시킬 수 있는 메시아요, "형
벌처럼 타오르는 황토밭 잔등에 서 있는" 인내의 신이라고
믿고 있기도 하다. 그는 황토밭의 역사 속에 뿌리박고 있는

이 신을 확인하기 위하여 실제로 일요일이면 나침반을 들고 섭진강 삼백 리 물길을 하루 종일 따라갔다 오곤 하는 사람이다.

재작년에는 희한하게도 문화사절단인가에 끼어 동남아와 유럽을 구경하고 온 일이 있다. 그는 돌아와서 첫마디로 세계는 '칼텍스 문화'의 쓰레기통이라고 개탄하기도 했다. 인도네시아의 수마트라 정글 속을 뻗어가는 칼텍스의 거대한 송유관과 아스팔트에 의해 죽어가는 원주민 촌락과 순수한 인간성들을 보면서 그는 고향 마을 개천에 놓여 있는 징검다리를 건너고 싶어 혼났다는 것이다. 또 유럽 대평원을 달릴 때는 아기자기하고 기후가 선명한 우리네 산천과는 달리 가도가도 끝없는 벌판의 초록빛 단순한 풍경에 두려움과 공포를 느꼈다는 것이다. 바로 이런 체험이 「로마와 솔방울」을 쓰게 했고 「아그라 마을에 가서」 속에서 그가 꿈꾸는 고향, 그가 붙들고 있는 황토의 신이 얼마나 확신에 차 있는 것이며 그 황토의 신이 우리를 어떻게 구원해 주는가를 반증해 보이고 있다 해야 할 것이다.

맑은 서정에서 현실과 역사로, 현실과 역사가 갖는 아픔과 고통에서 떨치고 일어나기 위한 부활과 민족재생에의 의지로 이제 그의 시는 운행하고 있다. 시인 송수권 형. 우리 가락을 바탕으로 늘 깨어 있으면서 봇물 터지듯 충만한 노래를 토해 내는 사람, 검은 얼굴에 수줍은 듯 웃는 사람, 술 한잔에 눈가가 붉어지는 사람, 고 1짜리 큰아들의 성적을 걱정하는 사람, 가난한 사람, 그러나 제왕을 부러워하지 않는 사람, 우리와 더불어 함께 살 사람. 아아, 송수권 형은 그런 사람이다.

後　記

　남도의 하늘과 들과 맑은 바람, 이 무진장한 재보(財寶)를
말로써만 표현하기에는 무엇인가 부족하다. 그것을 말하려면
오랜 시간의 체험을 통해서 영혼으로 대답할 수밖에 없다.
　가을이 들자 이 예감은 풀잎 끝을 스치는 이슬방울처럼 선
명하다. 무등산이 떠보이고 한 겹 창문을 사이한 내 좁은 드
락은 저승새가 날아와서 하루내 팡팡 음색이 고운 목청을 굴
리다 갈 것만 같다.
　백로가 지나자 세상은 참으로 투명하게 가라앉았다. 별에
서도 풀벌레가 우는지 어젯밤은 붓끝에 영혼의 불꽃을 적셔
밤을 새워가며 편지를 썼다. "우리나라의 가을입니다."라고
썼고 끝에는 '끝'이라고 썼다. 꼬박 긴 편지를 쓰고 새벽녘
에야 잠이 들었다. 이때쯤은 한밤중을 드악했던 귀뚜라미 울
음이 갑자기 기승을 부렸고, 날이 샐 무렵은 절정에 이르렀
다.
　나는 오늘 억만 평의 하늘을 걸어서 출근을 했다. 교단에서
첫시간의 첫머리를 "억만 평의 하늘을 걸어왔읍니다."라고 말
했고, 무등이 그새 훨씬 더 나이를 많이 먹은 것 같다고 말
했다.
　이 가을 들어 무등은 나에게는 잘 구어진 토기(土器)처럼
보인다. 외곽지대를 돌며 불현듯 다가가 두드려 울려보고 싶
다는 생각, 이 생각 끝에는 상고(上古)까지 울릴 듯한 둔탁
한 음향과 토장국 냄새가 귀와 코를 한꺼번에 스치고 지나간
다.
　여름 장마에 맥없이 누워서 젖가슴을 풀어 흘리고 몸살을

앓던 무등이 지혜가 든 반백의 사내처럼 툭툭 불거진 주름살
을 드러내고 있기 때문이다. 잘 마른 가죽끈이 소리를 내듯
처서에 울고 백로에 울고 한로에는 분명한 울림을 들려줄
것만 같다. 그 울림이란 우리 아기가 돌이 닥쳐서야 '어음마'
라고 힘겹게 이 지상에서 최초의 한마디 말을 완성해 내었던
그 감격적인 영혼의 소리일 것만 같다. 저 잔주름살 밑에 괴
어 있는 슬픔의 적요, 거기에는 백로의 날개짓과도 같고 웅
덩이의 잔물결과도 같은 지혜로움이 숨어 있다. 어떤 날은
잘 영근 이마에 흰 머리칼 같은 운애(雲靉)가 흐르고 그것은
신이 최초로 완성품인 토기를 구워낼 때의 뜨거운 입김처럼
보이기도 한다. 결코 쫓기는 자의 뒷모습이 아니라, 언제나
여유 있는 품, 시골집 우리 장형(長兄)과 같은 모습이다.
　나는 대체로 이 도시 안에서 삶이란 자체가 의심스러워지
고 어처구니가 없을 때에는 슬슬 외곽지대를 돌며, 멀리 물
러서서 무등을 바라보며 산다. "조급하게 살지 말아라. 남도
의 하늘과 들과 바람처럼 살아라."고.

1985년 9월

無等山下에서

宋　秀　權

창비시선 52

아도

초판 1쇄 발행 / 1985년 10월 10일
초판 6쇄 발행 / 2012년 3월 24일

지은이 / 송수권
펴낸이 / 강일우
펴낸곳 / (주)창비
등록 / 1986년 8월 5일 제85호
주소 / 413-120 경기도 파주시 회동길 184
전화 / 031-955-3333
팩시밀리 / 영업 031-955-3399 · 편집 031-955-3400
홈페이지 / www.changbi.com
전자우편 / literat@changbi.com